U0068116

作者｜金旦枇

曾任出版社編輯，目前沉浸於撰寫童書的樂趣之中。希望大家可以笑著接受孩子們說「不要！」、「不可以」，而寫了這本書。
著有【我的第一套安全知識繪本】系列《不讓消防員傷腦筋》、《不讓醫生傷腦筋》、《不讓警察傷腦筋》、《不讓清潔員傷腦筋》、《吃下野薔薇，大出一坨便》（暫譯）、《你要去蒙古種樹？》（暫譯）、《誰來幫我攔住爸爸！》（暫譯）、《我的朋友夢實》（暫譯）。

繪者｜洪元杓

主修東洋畫。想要成為「將日常生活發現的樂趣，畫出活力和個性」的插畫家。希望小朋友自己閱讀或親子共同閱讀時，可以愉快的獲得知識，因此創作本系列套書。
曾替電視廣告、雜誌或書籍的封面繪圖。出版作品《搶救小朋友食物大作戰！》（暫譯）、【我的第一套安全知識繪本】系列《不讓消防員傷腦筋》、《不讓醫生傷腦筋》、《不讓警察傷腦筋》、《不讓清潔員傷腦筋》、《裝扮世界的精靈之光》（音譯）、《什麼是核能？》（音譯）、《前往大海的鯨石》（音譯）、《關於體驗日本的辭典》（音譯）等書。

譯者｜葛增娜

政大教育系畢業，資深韓文譯者。翻譯作品以書籍和電影為主。電影有《狼少年：不朽之愛》、《軍艦島》、《與神同行》等；譯作有《親切的金子》、《探詢韓國之美的旅程》、《李英愛的晚餐》、《我的超人爸爸》、《魔法的瞬間》、《泰奧多爾24號》、《我的小狗咕嚕嚕》等。

우리 마을 의사는 맨날 심심해 (심심한 마을 3):
Copyright 2012~2013© by 金旦枇 & 洪元杓
All rights reserved.
Complex Chinese copyright 2018 by
COMMONWEALTH EDUCATION MEDIA AND PUBLISHING CO., LTD.
Complex Chinese language edition arranged with
E-Who（SmilingDolphin）Publishing Co.
through 韓國連亞國際文化傳播公司（yeona1230@naver.com）

我的第一套安全知識繪本 ❸
不讓警察傷腦筋

作者｜金旦枇　繪者｜洪元杓
譯者｜葛增娜

特約編輯｜蔡珮瑤　責任編輯｜呂育修
美術設計｜蕭雅慧　行銷企劃｜陳雅婷

天下雜誌群創辦人｜殷允芃　董事長兼執行長｜何琦瑜
兒童產品事業群
副總經理｜林彥傑
總編輯｜林欣靜　版權主任｜何晨瑋、黃微真

出版者｜親子天下股份有限公司
地址｜台北市 104 建國北路一段 96 號 4 樓
電話｜（02）2509-2800　傳真｜（02）2509-2462
網址｜www.parenting.com.tw
讀者服務專線｜（02）2662-0332
週一～週五｜09:00~17:30
讀者服務傳真｜（02）2662-6048
客服信箱｜parenting@cw.com.tw

法律顧問｜台英國際商務法律事務所‧羅明通律師
製版印刷｜中原造像股份有限公司
總經銷｜大和圖書有限公司
電話｜（02）8990-2588

出版日期｜2018 年 3 月第一版第一次印行
　　　　　2022 年 12 月第一版第十四次印行
定價｜350 元
書號｜BKKKC085P
ISBN｜978-957-9095-44-0（精裝）

訂購服務

親子天下 Shopping｜shopping.parenting.com.tw
海外‧大量訂購｜parenting@cw.com.tw
書香花園｜台北市建國北路二段 6 巷 11 號
電話｜（02）2506-1635
劃撥帳號｜50331356 親子天下股份有限公司

立即購買 >

我的第一套**安全知識**繪本 ③

不讓警察傷腦筋

文 金旦杧　繪 洪元杓　譯 葛增娜

審訂 警政署防治組婦幼安全科長 斯儀仙

出場人物介紹

龍

守護孩子人身安全的小幫手。會協助警察叔叔和警察阿姨，幫助小朋友不在路邊或馬路受傷、不會被壞人傷害。龍有四條腿，身上布滿鱗片，可以在天空自由飛翔。在西方世界裡，龍通常被描繪成壞人，但在我們國家，龍是非常吉祥的動物。

警察阿姨

在烏拉拉市的警察局工作。警察阿姨主要的工作是指揮交通，但也很會抓壞人，並狠狠教訓他們。為了減少緊急出動的狀況，會先把交通安全的事項做好。

警察叔叔

在烏拉拉市的警察局工作。嘴巴上雖然都說「好無聊，好無聊」，但其實小朋友都很守規矩，幫了自己很大的忙。

小皮蛋

勇敢又活潑的小朋友。個性非常積極，不論任何事情都想要第一個去嘗試，所以就會顯得冒冒失失的。

靜靜

謹慎又冷靜的小朋友。會仔細的想清楚之後再開始行動，遇到困難，也會冷靜的解決問題，所以有時候看起來動作很慢。

書書

頭腦非常聰明的小朋友。最喜歡看書，走到哪都說著書裡的知識，所以別的小朋友會笑她是書呆子。

阿休

很害羞的小朋友。不大敢在別人面前表達自己的意見，怕說錯話被取笑。不過，他的心胸非常寬大，很會包容其他人。

傻弟

個性爽朗的小朋友。不害怕嘗試陌生的事物，但有時候想都沒想就去做，因此偶爾會闖禍。

心心

心地善良的小朋友。遇到有困難的人，會主動幫忙。但平常都先想到自己，所以常被別人說是自私鬼。

他們是烏拉拉市的警察叔叔和警察阿姨。他們會在外巡邏，看看有沒有壞人在附近走來走去。

8

懸賞要犯

名字：刺刺頭
脖子上戴著狗項圈，
喜歡到處去嚇別人。

名字：小燈泡
用可愛的外表迷惑，
讓人什麼都聽他的。

名字：小捲捲
默默做好事，
然後消失了。

「今天有人打110電話來報案嗎？」
「只有一通惡作劇的電話，
說什麼看到外星人，要警察快點
過去。」
「那我們要不要出去找找看有沒
有人遇到危險呢？」
「我想龍應該會做得很好。」
「是嗎？我看龍都一直在那裡吃
餅乾呢！」

大家好！我是龍。為了保護小朋友走路安全，不管白天晚上都在這裡努力看著呢！你們看，誰需要幫忙呢？

過馬路不可以用跑的！要慢慢走。

有人在馬路對面叫你，也不可以突然衝過去，要記得看紅綠燈。

過斑馬線時請盡量靠右邊，離車子遠一點！

等紅綠燈時，一定要站在人行道上。

一定要走人行道，或靠著邊邊走比較安全。

紅燈不可過馬路。綠燈先等車子停，才開始過馬路。

不可以突然衝到馬路上，因為司機會來不及剎車。

要在公園或空曠沒車的地方玩。

不可以在馬路旁邊玩球，可能會被車子撞到。

在家門口也要小心注意，仔細看看，誰需要幫忙呢？

14

走到轉角時，要注意看車！

車庫前很危險，車子隨時有可能開出來！

在小巷子裡玩要小心！隨時注意有沒有車子。

不可以在車子後面玩！車子倒車時，駕駛會看不到你。

穿亮顏色雨衣，讓駕駛容易看到你；包包最好背起來，空出雙手自由運用。

戴著耳機或保暖耳罩在路上走，可能因為聽不到車子的聲音而發生危險。

斜坡

當心兒童
30

施工中

公車站

計程車
招呼站

不可以摸

不可以進去

鐵路
平交道

這些危險標誌很重要，
幫助我們安全上路，一定要好好認識！

當心兒童

開車的人看到
這個標誌，要
小心慢慢開。

行人專用

這裡只能讓人走路，
車子不能進來。

禁止行人通行

過馬路時記得要走
斑馬線或天橋！

腳踏車專用道

腳踏車騎在專用
道上，要禮讓腳
踏車喔！

危險

看到這個標誌時，
一定要繞道，走別
條路！

施工中

看到這個標誌時，
要注意前面的路和
頭頂上方。

17

可能會隨時緊急剎車，一定要坐好。

不要在車子附近撿東西，司機會沒注意到你。

不要站在車道等車很危險。

要注意書包或衣服有沒有被車門夾到。

公車會擋住小車，過馬路要注意。

頭手不可以伸出車外，避免受傷。

19

哇，是捷運！
長長的捷運跟我長得好像！
找找看，誰需要幫忙呢？

在黃線後面等車，才不會被捷運撞到！

車門快關上時，不要硬擠，小心包包被夾住。

不要靠在車門，門突然打開會摔出去。

搭乘電扶梯要緊握扶手，以免跌倒！

排隊上下車，不推擠，小心腳不要卡進月臺的縫隙！

開車出門很方便，但要怎麼做，才能平平安安呢？

12歲以下小朋友不可坐前座。安全氣囊是以大人體型設計的，對小孩反而有危險。

小孩要坐在兒童安全座椅上，繫上安全帶。

打火機不可以放在車子裡，天氣太熱會爆炸。

頭手不可以伸出窗外，窗戶關起來時會夾到。

下車前先注意後方有沒有車。

不可以摸車子裡的開關和按鈕！

公園裡好多人在騎腳踏車和溜直排輪！
我也穿了直排輪，很帥吧！

找一找，誰需要幫忙呢？

穿上亮顏色衣服，讓開車或騎車的人遠遠就能看到。

不要穿有帶子的衣服，萬一卡進輪子裡，會發生意外。

騎腳踏車時戴上安全帽，而且要扣好。

■ 忙著玩都忘了冷，萬一凍傷就糟糕了。如果衣服或襪子溼了，要快點換掉。

■ 滑雪要戴上安全帽，衣服也要夠保暖，才能玩得開心又安全。

■ 溜直排輪要在公園或專用場地上，在家門口時要注意車子。

我說過的話，你們都有注意聽嗎？
我想大家都可以全部答對吧！

1 可以開心的在停車場的車子後面玩耍。  ○ ×

2  不可以在靠近馬路的地方玩球。 ○ ×

3 等娃娃車時，為了快點上車，要走到車道上等車。  ○ ×

4  騎腳踏車一定要有駕照。 ○ ×

5 在車上不可以將手或頭伸出窗外。  ○ ×

6  下雨天會弄髒衣服，所以最好穿著暗色系的衣服。 ○ ✕

7 剛開始學溜直排輪的時候一定要戴安全帽，但學會了之後就可以不用戴。  ○ ✕

8  嗶！嗶！嗶！捷運門快要關起來了，這時要趕快跑過去，衝上捷運！ ○ ✕

9 等紅綠燈的時候，一看到變成綠燈，就馬上衝過馬路。  ○ ✕

10  就算有人在對面叫我，也要仔細看有沒有車，再慢慢過馬路。 ○ ✕

靜靜和爸爸一起去兒童樂園玩。
哎呀，人好多，靜靜不小心走失了！
靜靜能不能順利找到爸爸呢？

等好久，爸爸還是沒有來。我想請叔叔帶我去找。

不行！

不可以因為等不到爸爸，就跟陌生人說話。

那怎麼辦？

迷路時應該站在原地，不要亂跑。這樣才能讓爸媽找到妳。

想想自己的名字、爸媽的手機號碼，如果想起來，就打電話。

最後要求救！萬一想不起來，就請警察幫忙。

按下公共電話的紅色「緊急撥號按鈕」，然後打110，警察會立刻過來幫妳。

110

到服務臺請求幫忙。服務人員會廣播，讓爸媽知道妳在這裡。

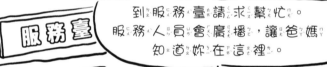

服務臺

告訴我妳的名字和爸爸的手機號碼。

嗚……不知道，想不起來。

為了這種時候，可以戴上防走失項鍊或手環。穿著容易認出來的亮色衣服。

靜靜！

爸爸！

抱住

➡ 大人請繼續閱讀40頁

這個世界上不是每個人都是好人，
也有壞人，所以要小心喔！
想想看，遇到陌生人，怎麼做是對的？

➡ 大人請繼續閱讀41頁。

解答：1.④ 2.③ 3.④ 4.① 5.③ 6.②

要保護自己的身體！
不是任何人都能摸你，
如果覺得怪怪的，
你要說「我不喜歡！」、「不可以！」。

奶奶的手很溫柔、很溫暖，

叔叔這麼做，就要說，

我不喜歡！不可以！

看醫生的時候，醫生可以用聽診器觸碰，

鄰居哥哥這麼做，就要說，

我不喜歡！不可以！

和爸爸抱抱很甜蜜，

隔壁叔叔用奇怪的眼神
這麼做，就要說，

我不喜歡！

不可以！

洗澡的時候
要脫光衣服，

陌生人這麼做，就要說，

我不喜歡！
不可以！

➡ 大人請繼續閱讀42頁

小朋友，遇到下面這些狀況，
應該怎麼做呢？請回答可以或不可以。
答對愈多愈厲害喔！

1 和爸媽走失時，隨便找一個陌生人請他幫忙。

可以　不可以

要留在原地等待爸媽來找你，或去找警察或服務臺的大人幫忙找爸媽。

2 我好怕，不敢跟別人說。

不可以說　可以說

為了不再讓這種事情發生，一定要告訴爸媽！

3

我是媽媽的朋友，送妳回家好嗎？

可以　不可以

如果爸媽沒有事先說好，不可以坐任何人的車子。

4

我找不到路，你可以帶我去這個地方嗎？

可以　不可以

請你問大人。

沒錯！不知道怎麼走，請他再問別人。

5

一個人在家，要不要接電話？

可以　不可以

不要接電話。萬一接了電話，也不可以說出名字、電話號碼或地址。

6

我是送貨員！

媽媽是不是有買東西？我收下來，媽媽會稱讚我吧？

可以　不可以

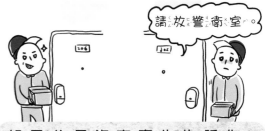

請放警衛室。

如果父母沒有事先告訴你，絕對不可以幫任何人開門！假裝沒有人在家也可以。

※請家長注意：依我國兒童及少年福利與權益保障法第51條規定：父母、監護人或其他實際照顧兒童及少年之人，不得使六歲以下兒童或需要特別看護之兒童及少年獨處或由不適當之人代為照顧。提醒家長注意。

警ㄐㄧㄥ車ㄔㄜ好ㄏㄠ帥ㄕㄨㄞ喔ㄛ！不ㄅㄨ論ㄌㄨㄣ
什ㄕㄣ麼ㄇㄜ時ㄕ候ㄏㄡ，只ㄓ要ㄧㄠ有ㄧㄡ
危ㄨㄟ險ㄒㄧㄢ，都ㄉㄡ會ㄏㄨㄟ立ㄌㄧ刻ㄎㄜ
趕ㄍㄢ到ㄉㄠ！

一ㄧ般ㄅㄢ警ㄐㄧㄥ車ㄔㄜ

警ㄐㄧㄥ用ㄩㄥ吉ㄐㄧ普ㄆㄨ車ㄔㄜ

警ㄐㄧㄥ用ㄩㄥ廂ㄒㄧㄤ型ㄒㄧㄥ車ㄔㄜ

活ㄏㄨㄛ動ㄉㄨㄥ時ㄕ護ㄏㄨ衛ㄨㄟ用ㄩㄥ
敞ㄔㄤ篷ㄆㄥ車ㄔㄜ

行動指揮車

警用大型牽引車

水上警察艦艇

警用機車

小朋友，你們現在應該知道，
在路上要注意哪些事，
以及怎麼做才不會被壞人傷害了。
做好準備就不必害怕！

警察叔叔和阿姨，每天下班回家時，
都希望明天也跟今天一樣，
平平安安的，沒有壞事情發生。

爸爸媽媽，請一定要記住！

 和孩子走失時（請事先閱讀28～29頁）

● 不要在孩子睡著後出門。孩子有可能為了要找大人而跑出門，然後不小心走丟了。且仍要提醒家長注意，我國兒童及少年福利與權益保障法第51條不得使兒童獨處之規定。

● 在百貨公司或大型超市、電影院、公園等地方，不可以為了去辦事情，就把孩子留在原地。也不可以把孩子單獨留在車內！

● 避免孩子走失，請在衣服內裡或鞋底寫上孩子的名字。

● 請協助孩子記住自己的名字、年齡、地址和電話號碼。

● 如果孩子單獨外出，請孩子一定要告知和誰在一起，並在約定好的時間內回來。如果是去朋友家玩，請記下朋友的名字、電話和地址。

● 請平時就告訴孩子，萬一和爸爸媽媽走失時，要一直站在最後走失的地方等待。

● 孩子走失時，請清楚說明孩子的身高、體重和身體特徵等，以及當時穿著的服裝。

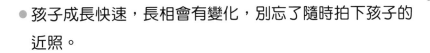

● 孩子成長快速，長相會有變化，別忘了隨時拍下孩子的近照。

● 發現孩子走失，請立刻拿著孩子的近照到派出所或警察局，或打110報案。警察會協尋兒童，同時也會尋求兒福聯盟失蹤兒童少年資料管理中心的協助。

● 如果孩子戴著寫上電話號碼的項鍊或名牌，請務必讓電話保持暢通，隨時可接聽。

請務必告知孩子（請事先閱讀30～31頁）

● 不要讓孩子一個人走在陰暗的巷子或空地。

● 不要讓孩子夜晚還在外頭遊蕩。

● 孩子外出時請務必問明要去哪裡、幾點回來。

● 綁匪常會依孩子的穿著和配件來衡量是否列為目標而採取進一步行動。

● 請告知孩子，即使對方很面善，沒有老師或父母事先告知，絕對不可以跟著離開。

● 請告知孩子，萬一被陌生人強行拉走，一定要大聲喊叫，或朝著警察局、警衛室等地方逃跑。

萬一孩子沒有回來，請立刻報警。

● 在警察抵達之前，請不要讓不相干的人進到家裡。

● 請記下負責警察的姓名、職位、聯絡方式等，
　並將孩子的相關證據交付給他。

● 請詳加說明孩子穿著的衣服和隨身物品。

 請好好觀察孩子的行為舉止。（請事先閱讀32～33頁）

臺灣地區的性侵害案件，近5年（102-106）平均每年約
發生3600件，被害人9成以上為女性，從被害人年齡層
觀察，約6成是18歲以下的兒童少年，其中以12-17歲最
多，約占51-54％之間，12歲以下則為12％。案件發生場
所主要是私人住家、學校教室與旅館房間，且以住宅區最
多，約為65％；兩造為「相識關係」者超過8成，近5年
均高達9成以上。

小孩的力氣比大人小，也有完全相信大人的傾向。對自己的身體充滿好奇，卻缺乏性知識，再加上即使不喜歡，也不太容易直接表達出來。請確實教導孩子，自己的身體不可以讓人隨便觸碰與侵犯。

身體遭受侵害的孩子，也有可能會悶在心裡不敢說出來，這時請好好觀察孩子，一定可以察覺到異樣。坐下來的樣子是不是感覺有點不對勁；內褲是否有血漬或髒汙；有沒有說性器官很痛或很癢；突然展現出退化行為，或對性相關的事情特別敏感；特別害怕自己一個人獨處等，請仔細觀察及分辨。